D1360884

Puedes consultar nuestro catálogo en www.picarona.net

Los peinados de papá
Texto: *Francis Martin*
Ilustraciones: *Claire Powell*

1.ª edición: mayo de 2019

Título original: *Daddy Hairdo*

Traducción: *David Aliaga*
Maquetación: *Montse Martín*
Corrección: *Sara Moreno*

Edita: Picarona, sello infantil de Ediciones Obelisco, S. L.
Collita, 23-25. Pol. Ind. Molí de la Bastida
08191 Rubí - Barcelona - España
Tel. 93 309 85 25 - Fax 93 309 85 23
E-mail: picarona@picarona.net

ISBN: 978-84-9145-255-3
Depósito Legal: B-4.085-2019

Printed in China

Los peinados de papá

Texto:
FRANCIS MARTIN

Ilustraciones:
CLAIRE POWELL

Cuando Amy nació,
no tenía mucho pelo.

En cambio, papá

tenía **UN MONTÓN.**

Luego, Amy y papá tenían la misma cantidad de pelo.

Luego, Amy tenía más pelo que papá. El pelo de papá había empezado a...

desaparecer.

Amy intentó ayudar a papá a encontrarlo,

pero se había ido.

Para siempre.

Amy y papá buscaron en los libros.
¿Dónde va el pelo cuando se marcha?

¿Se va a dar la vuelta al mundo...

... en busca de aventuras peludas?

... o simplemente se cae
por el desagüe?

No encontraban el pelo de papá
por ningún sitio.

Y, mientras tanto,
el pelo de Amy crecía...

... y crecía...

... y CRECÍA.

¡Mira qué pelazo!

Era **muy** difícil mantenerlo cuidado.

En los días de viento,

era un auténtico engorro.

Cuando se le enmarañaba,
el gato tenía que cepillarlo.

En los días de lluvia, se le mojaba tanto
que tenía que ponerlo a secar en el tendedero.

Y cuando Amy jugaba al escondite,

SIEMPRE la encontraban.

Pronto, tuvo el cabello tan largo
que no podía ir a ras de suelo,
y tenían que llevarla
a todas partes.

A pesar de todo esto, Amy **adoraba**
su cabello. No estaba dispuesta
a ir a cualquier peluquero.

PAPÁ iba a tener
que pensar en algo.

Así que estudió…

... y practicó...

... hasta que, finalmente, estuvo listo para revelar...

... ¡los peinados de papá!

Papá creó...

«El cucurucho de helado».

«Los anillos de Saturno».

«El castillo en las nubes».

Y su preferido:

«La triple colmena».

¡Amy causaba sensación!

Y todo el mundo hablaba
de los peinados de papá.

Todo el mundo los adoraba.

Pero «El castillo en las nubes» complicaba las cosas cuando jugaba al escondite...,

... y había algunos lugares a los que no podía entrar
con «El cucurucho de helado».

Y lo peor de todo, con «La triple colmena»
no cabía por la puerta de la tienda de chucherías.

Ya había
tenido
suficiente.

Entonces, papá le hizo a Amy el peinado
que más le gustó de todos.

¡Y Amy seguía teniendo
más pelo que papá!

GACETA DEL CORTE
PAPÁ GANA EL PREMIO LEGADO PELUDO
FLEQUILLOS
entrevista al...
REY DEL PEINADO
SEMANARIO MELENUDO
PREMIOS
GANADOR
Peluquería del año
HORA
HOMBRE DEL AÑO